〔日〕细井徇 编绘

诗经 笔记 画谱

The Book of Songs

人民文学出版社
PEOPLE'S LITERATURE PUBLISHING HOUSE

黄鳥

交交黄鸟，止于棘。谁从穆公？子车奄息。维此奄息，百夫之特。

《秦风·黄鸟》

菁菁者莪，在彼中阿。既见君子，乐且有仪。
菁菁者莪，在彼中沚。既见君子，我心则喜。
《小雅·菁菁者莪》

莪

薺

防有鹊巢，邛有旨苕。谁侜予美？心焉忉忉。
中唐有甓，邛有旨鹝。谁侜予美？心焉惕惕。
《陈风·防有鹊巢》

旨鷊
旨苕

雀

谁谓雀无角，何以穿我屋？谁谓女无家，
何以速我狱？虽速我狱，室家不足。《国风·召南·行露》

苕之华，芸其黄矣。心之忧矣，维其伤矣。《小雅·苕之华》

苕

猫

鲂鱮甫甫，麀鹿噳噳，有熊有罴，有猫有虎。《大雅·韩奕》

山有苞棣，隰有树檖。未见君子，忧心如醉。
如何如何？忘我实多。《秦风·晨风》

苞
梂

燕

燕燕于飞，差池其羽。之子于归，远送于野。
瞻望弗及，泣涕如雨。《邶风·燕燕》

既张我弓，既挟我矢。发彼小豝，殪此大兕。
以御宾客，且以酌醴。《小雅·吉日》

豝

笋

韩侯出祖，出宿于屠。显父饯之，清酒百壶。其殽维何？炰鳖鲜鱼。
其蔌维何？维笋及蒲。其赠维何？乘马路车。笾豆有且，侯氏燕胥。
《大雅·韩奕》

翩彼飞鸮，集于泮林，食我桑黮，怀我好音。
憬彼淮夷，来献其琛。元龟象齿，大赂南金。《鲁颂·泮水》

龜

齊頭蒿
蔚

蓼蓼者莪，匪莪伊蒿。哀哀父母。生我劬劳。
蓼蓼者莪，匪莪伊蔚。哀哀父母，生我劳瘁。《小雅·蓼莪》

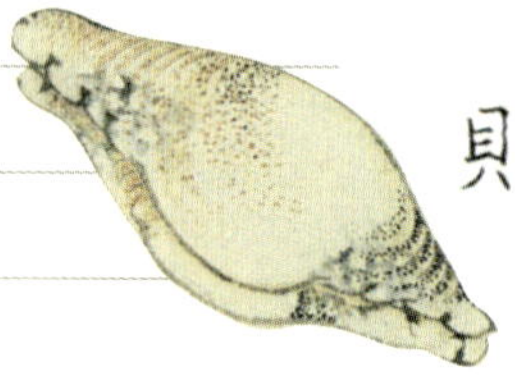

貝

公车千乘，朱英绿縢，二矛重弓。公徒三万，
贝胄朱綅，烝徒增增。《鲁颂·閟宫》

樱

投我以木瓜，报之以琼琚。匪报也，永以为好也。《卫风·木瓜》

木瓜

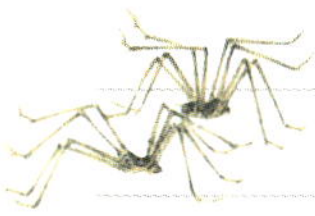

蟏蛸

桃

宵行

周原朊朊，堇荼如饴。爰始爰谋，爰契我龟。
曰止曰时，筑室于兹。《大雅·绵》

苕

芭

駁

葑

葑

习习谷风，以阴以雨。黾勉同心，不宜有怒。
采葑采菲，无以下体？德音莫违，及尔同死。《邶风·谷风》

行道迟迟，中心有违。不远伊迩，薄送我畿。
谁谓荼苦？其甘如荠。宴尔新昏，如兄如弟。《邶风·谷风》

茶

蓬

自伯之东，首如飞蓬。岂无膏沐？谁适为容！《卫风·伯兮》

狸

李
李

何彼秾矣？华如桃李。平王之孙，齐侯之子。《召南·何彼秾矣》

南山有桑，北山有杨。乐只君子，邦家之光。乐只君子，万寿无疆。
《小雅·南山有台》

桑

阜螽

园有棘，其实之食。心之忧矣，聊以行国。不我知者，谓我士也罔极。
彼人是哉，子曰何其？心之忧矣，其谁知之？其谁知之，盖亦勿思。
《魏风·园有桃》

棘

山有漆，隰有栗。子有酒食，何不日鼓瑟？且以喜乐，且以永日。
《唐风·山有枢》

蜴

虎

硕人俣俣，公庭万舞。有力如虎，执辔如组。《邶风·简兮》

蕭
蓷

昔我往矣，日月方奥。曷云其还，政事愈蹙。岁聿云莫，采萧获菽。
心之忧矣，自诒伊戚。念彼共人，兴言出宿。岂不怀归？畏此反覆。
《小雅·小明》

荇菜

参差荇菜，左右流之。窈窕淑女，寤寐求之。
求之不得，寤寐思服。悠哉悠哉，辗转反侧。《周南·关雎》

杞

陟彼北山，言采其杞。偕偕士子，朝夕从事。王事靡盬，忧我父母。《小雅·北山》

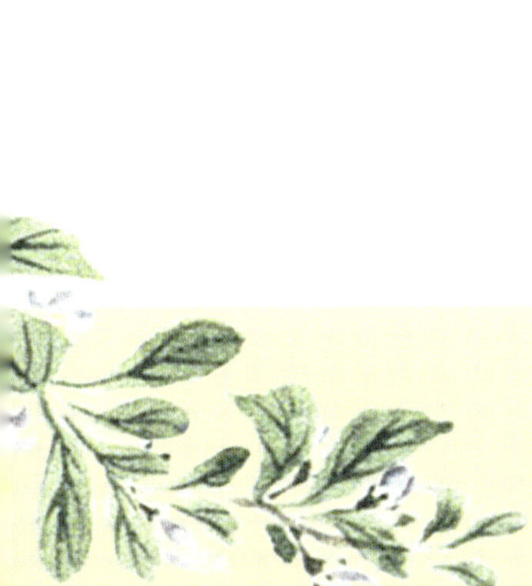

鱣

河水洋洋，北流活活。施罛濊濊，鳣鲔发发，葭菼揭揭。
庶姜孽孽，庶士有朅。《卫风·硕人》

榆

翚

约之阁阁，椓之橐橐。风雨攸除，鸟鼠攸去，君子攸芋。
如跂斯翼，如矢斯棘，如鸟斯革，如翚斯飞，君子攸跻。
《小雅·斯干》

羔羊之皮，素丝五紽。退食自公，委蛇委蛇。《召南·羔羊》

羊

梨
ナシ

蔽芾甘棠，勿翦勿伐，召伯所茇。蔽芾甘棠，勿翦勿败，召伯所憩。蔽芾甘棠，勿翦勿拜，召伯所说。《召南·甘棠》

甘棠

瓜

七月食瓜，八月断壶，九月叔苴。采荼薪樗，食我农夫。《豳风·七月》

猱

毋教猱升木，如涂涂附。君子有徽猷，小人与属。《小雅·角弓》

陟彼南山，言采其蕨。未见君子，忧心惙惙。亦既见止，亦既觏止，我心则说。
陟彼南山，言采其薇。未见君子，我心伤悲。亦既见止，亦既觏止，我心则夷。
《召南·草虫》

薇
蕨

勺藥

洧之外，洵訏且乐。维士与女，伊其相谑，赠之以勺药。《郑风·溱洧》

雄雉于飞，泄泄其羽。我之怀矣，自诒伊阻。《邶风·雄雉》

鴙

有狐绥绥，在彼淇梁。心之忧矣，之子无裳。《卫风·有狐》

鼍

於论鼓钟，於乐辟廱。鼍鼓逢逢，矇瞍奏公。《大雅·灵台》

六月食郁及薁，七月亨葵及菽，八月剥枣，十月获稻。
为此春酒，以介眉寿。《豳风·七月》

栩

作之屏之，其菑其翳。修之平之，其灌其栵。启之辟之，其柽其椐。
攘之剔之，其檿其柘。帝迁明德，串夷载路。天立厥配，受命既固。
《大雅·皇矣》

桑之未落，其叶沃若。于嗟鸠兮，无食桑葚。
于嗟女兮，无与士耽。《卫风·氓》

鸠

楚

绸缪束楚，三星在户。今夕何夕？见此粲者。
子兮子兮，如此粲者何！《唐风·绸缪》

冽彼下泉，浸彼苞蓍。忾我寤叹，念彼京师。《曹风·下泉》

蓍

鱧

鱼丽于罶，鲂鳢。君子有酒，多且旨。《小雅·鱼丽》

采采卷耳，不盈顷筐。嗟我怀人，寘彼周行。
陟彼崔嵬，我马虺隤 。我姑酌彼金罍，维以不永怀。《周南·卷耳》

芣苢
卷耳

王瓜

吉甫燕喜，既多受祉。来归自镐，我行永久。饮御诸友，炰鳖脍鲤。
侯谁在矣？张仲孝友。《小雅·六月》

鼈

駁

山有苞栎，隰有六驳。未见君子，忧心靡乐。
如何如何，忘我实多！《秦风·晨风》

采苓采苓，首阳之巅。人之为言，苟亦无信。舍旃舍旃，苟亦无然。
人之为言，胡得焉！《唐风·采苓》

荇菜

鲐

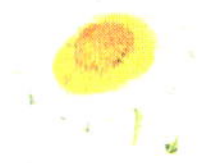

莪

予其惩，而毖后患。莫予荓蜂，自求辛螫。《周颂·小毖》

榛

椅

其桐其椅，其实离离。岂弟君子，莫不令仪。《小雅·湛露》

樱

鹿

呦呦鹿鸣，食野之苹。我有嘉宾，鼓瑟吹笙。
吹笙鼓簧，承筐是将。人之好我，示我周行。《小雅·鹿鸣》

杻

南山有栲，北山有杻。乐只君子，遐不眉寿。
乐只君子，德音是茂。《小雅·南山有台》

维鹊有巢，维鸠居之。之子于归，百两御之。《召南·鹊巢》

鵲

我行其野，言采其蓫。婚姻之故，言就尔宿。
尔不我畜，言归斯复。《小雅·我行其野》

其饟伊黍，其笠伊纠，其镈斯赵，以薅荼蓼。
荼蓼朽止，黍稷茂止。《周颂·良耜》

蓼

风雨如晦，鸡鸣不已。既见君子，云胡不喜！《郑风·风雨》

我行其野，蔽芾其樗。婚姻之故，言就尔居。
尔不我畜，复我邦家。《小雅·我行其野》

樗

鰋

鱼丽于罶，鰋鲤。君子有酒，旨且有。《小雅·鱼丽》

我徂东山，慆慆不归。我来自东，零雨其濛。
我东曰归，我心西悲。制彼裳衣，勿士行枚。
蜎蜎者蠋，烝在桑野。敦彼独宿，亦在车下。《豳风·东山》

桃

桃之夭夭，灼灼其华。之子于归，宜其室家。《周南·桃夭》

野有死麕，白茅包之。有女怀春，吉士诱之。《召南·野有死麕》

檜

淇水滺滺，桧楫松舟。驾言出游，以写我忧。《卫风·竹竿》

有女同车，颜如舜华，将翱将翔，佩玉琼琚。
彼美孟姜，洵美且都。《郑风·有女同车》

曾孙维主，酒醴维醹，酌以大斗，以祈黄耇。
黄耇台背，以引以翼。寿考维祺，以介景福。《大雅·行苇》

鮐

焉得谖草？言树之背。愿言思伯，使我心痗。《卫风·伯兮》

諼

鸱鸮

鸱鸮鸱鸮，既取我子，无毁我室。恩斯勤斯，鬻子之闵斯。《豳风·鸱鸮》

谓天盖高，不敢不局。谓地盖厚，不敢不蹐。
维号斯言，有伦有脊。哀今之人，胡为虺蜴！《小雅·正月》

虺

鼠

相鼠有皮，人而无仪。人而无仪，不死何为！《鄘风·相鼠》

藍

终朝采蓝，不盈一襜。五日为期，六日不詹。《小雅·采绿》

有鹫在梁，有鹤在林。维彼硕人，实劳我心。《小雅·白华》

鶴

舒而脱脱兮，无感我帨兮，无使尨也吠！《召南·野有死麕》

思乐泮水，薄采其芹。鲁侯戾止，言观其旂。
其旂茷茷，鸾声哕哕。无小无大，从公于迈。《鲁颂·泮水》

芹

牛

君子于役，不知其期，曷至哉？鸡栖于埘，日之夕矣，羊牛下来。
君子于役，如之何勿思！《王风·君子于役》

柯

我徂东山，慆慆不归。我来自东，零雨其濛。
仓庚于飞，熠耀其羽。之子于归，皇驳其马。《豳风·东山》

图书在版编目（CIP）数据

诗经画谱笔记 /（日）细井徇编绘. -- 北京：人民文学出版社，2021
ISBN 978-7-02-013921-7

Ⅰ. ①诗… Ⅱ. ①细… Ⅲ. ①《诗经》- 诗歌欣赏
Ⅳ. ①I207.222

中国版本图书馆CIP数据核字（2018）第042085号

责任编辑　朱卫净　　张玉贞
装帧设计　細山田光宣　木寺 梓
（HOSOYAMADA DESIGN OFFICE）

出版发行　人民文学出版社
社　　址　北京市朝内大街166号
邮政编码　100705
网　　址　http://www.rw-cn.com

印　　制　山东新华印务有限公司
经　　销　全国新华书店等
字　　数　30千字
开　　本　787×1092毫米　1/16
印　　张　12.25
版　　次　2021年5月北京第1版
印　　次　2021年5月第1次印刷

书　　号　978-7-02-013921-7
定　　价　98.00 元

如有印装质量问题，请与本社图书销售中心调换。
电话：010-65233595